KB135454

바질토마토

도서출판
작가마을

사이펀 현대시인선 ⑧

바질토마토

정가을 시집

사이펀 현대시인선 8

바질토마토

초판인쇄 | 2020년 12월 5일
초판발행 | 2020년 12월 10일

지 은 이 | 정가을
기   획 | 계간 사이펀
주   간 | 배재경
펴 낸 이 | 배재도
펴 낸 곳 | 도서출판 작가마을
등   록 | 2002년 8월 29일 제 2002-000012호
주   소 | 부산광역시 중구 대청로 141번길 15-1 대륙빌딩 301호
        T. 051)248-4145, 2598   F. 051)248-0723   E. seepoet@hanmail.net

ISBN 979-11-5606-160-1 03810 정가 10,000원

© 2020 정가을

※ 이 도서의 국립중앙도서관 출판예정도서목록CIP은 서지정보유통지원시스템 홈페이지
   (http://seoji.nl.go.kr)와 국가자료공동목록시스템(http://www.nl.go.kr/kolisnet)에서
   이용하실 수 있습니다. (CIP제어번호 : CIP2020051541)

※ 이 책의 무단전재 및 복제행위는 저작권법에 의거, 처벌의 대상이 됩니다.

※ 본 도서는 2020년 부산광역시, 부산문화재단 지역문화예술특성화지원 '부산문화예술지원사업'으로
   지원을 받았습니다.

지금
이상한 나라로 가는 바이킹에
몸을 실을 준비가 되어 있는
나이므로

· 차례

바질토마토

• 차례

· 차례

바질
토마토 정가을 · 사이펀 현대시인선 · 08

제1부

내가 사랑한 세렝게이

달빛이 감전되다

생일 축하해요 8월 중에 한번 봤으면 합니다 지하철 출구 스테인리스 은빛 핸드레일 줄서기에 새우 꼬리가 닿았다면 몸서리치며 등이 펴질 불볕더위에요 고맙습니다만 나이를 먹는다는 게 서글프기만 합니다 지하철 감전역 일번 출구까지 올라가야 할 계단이 열다섯 개 남았을 때였습니다 그가 정수리에서 눈썹 경계까지 지문 가장자리 한 가닥도 빠지지 않도록 고루 문질러 머리칼을 흩트려 놓았어요 다알리아가 까만 외투를 벗었을 때였을 겁니다 새집을 막 찾을 때였으니까요 아마 그때였을 겁니다 눈썹 밑으로 서걱서걱 내려오는 지느러미를 알아챈 것은 언젠가는 야외 카페에서 형체 있는 어깨를 나란히 하고 황금 크레마 덮인 커피 한 잔 하고 싶습니다 달빛이 마지막 계단을 발가락에 힘을 주고 내디뎠을 때 웃고 있었습니다

액체괴물

- 점성과 탄성

그 년이 다 훔쳐가서 남아나는 게 없어, 기억의 밭을 지키는 방울토마토 사냥꾼, 한 손에는 엽총, 다른 한 손에는 젓가락, 뒷산 반 하늘 반 꽉 낀 창을 겨누고 있다 과거 언젠가 한껏 부풀었다 식은 식빵 러스크, 촘촘히 썰고 녹인 버터를 정성스레 발라 내일 반짝이는 설탕과 어제 반짝였던 파슬리 가루를 엄지와 검지로 시계방향으로 작은 원을 그리며 문질러 모았다가 놓아주듯 뿌린다 겉은 까맣게 타기 직전까지, 저기 저 산에서 우리를 보고 있다가 잠긴 문을 열고 들어와 탁 터지는 신음, 짓물러져 흐르는 발등, 어느 것이 먼저였는지 노려보기를 노력한 그녀, 그러나 속살은 부드럽게 구워 뜨거움보다 입술에 먼저 닿는 달콤한 알갱이 빨리 드세요 장마 지나간 뒤 지하 단칸방 물컹거리는 벽지 맛이 될지도 몰라요, 오르막을 구르려는 언덕을 날렵하게 뒤집는다 감는 법을 잊은 눈에서 죽은 앵무새가 흘러나온다

고양이 점집

1.

봄이 오면 햇볕에 바람에 사라질거라 생각하는 나는 대문이 없는 골목 끝 잔뜩 웅크린 나에게 '너는 나무'라 이름 짓고 내게서 작은 초록 잎들이 빠져나오는 것을 허락 한다 구멍가게 보일러 연통 연기 두꺼운 양말, 희고 까만 격자무늬 털목도리 극세사 오렌지색 이불에서 거품 꽃 터지고 꾸벅꾸벅 졸고 있는 키 큰 목련가지 얼굴을 뒤덮은 점무늬 얼굴보다 작은 거울에 이마, 왼쪽 볼, 오른쪽 볼, 입가를 채워보는 나는 얼룩 고양이 너의 등 뒤에 그려진 마나우스의 고무나무 봄이 오면 햇볕에 바람에 사라질 거라 생각하는 나는

2.

수챗구멍에서 달걀 썩은 내가 난다고 하는 마을이 있다 이백아흔아홉 예각 75도의 계단 스윽스윽 그려놓은 차가 지나가는 시멘트 턱 까만 봉지를 눈이 빠지게 기다리는 연년생 아이들의 파란대문집 사내도 한 번은 꼭 쉬어간다는 노래기길 양다리로 뻗어있는 계단들 그 끝에 까맣거나 열려있거나 주황색, 초록색의 입을 가진 고단한 집 마을지기 골바람의 삼십구 년 개근 꼬마 민들레를 부지런히 모셔온다 주욱 뻗지도 바짝 오므리지도 못하는 다리에 흙을 흩치며 투덜거림 고개를 들고

는 새벽, 허기를 채우기 위해 오두막을 나서는 내가 사랑한 세
링게이

3.

사납게 짖어대는 멜라닌 접시 위 농익은 오렌지 속을 조각조
각 올린다 아래 위 짠물 한 올 없음을 눈으로 확인 할 것 그저
태양열 초침의 호흡을 하고 누구에게나 투명한 플랑크톤으로
살찌었을 뿐 혀로 탐하고 형체가 사라질 때 머리 속에 남는 특
별한 향 울타리를 품은 풀밭에서 오월의 따가운 햇볕을 마주
치면 작은 가슴을 드러내고 누군가 봤을 어제의 웃음 짧은 금
발이 따가울 때까지 젖은 발톱 뿌리가 바삭해질 때까지 흐르
는 강물의 숨소리에 떨리지 않는 심장을 배위에 얹고 손에 묻
은 제비꽃 마시멜로 잎처럼 펼친 혓바닥에 적는다 두 손 없는
앵두가 두 손을 들어 안아줄,

4.

어느 날 그는 폐허를 발견하게 되었다 처음에 그것은 파란
점이었다가 반 지하 단칸방 곰팡이 쓸 듯 커져 쓸쓸한 구멍이
되었다 작은 키가 한 뼘 더 작았을 때 귀에서는 눈물이 꿈틀대
며 배어 나와 손이 닿지 않은 직조공장 날선 발받침에 올라 짠

것은 끝없는 졸림 한 줄과 집을 위한 끝없는 배고픔 한 줄이
만들어낸 실크 고막이었다 위로 위로 올라가는 누에의 고단함
과 모서리의 어지러움 되돌이표가 엉키고 엉켜 '시작'과 '끝'의
점이 사라질 때 그는 드디어

바질토마토

　분명한 것은 눈 감지 않는 얼굴 남자인지 여자인지 아이인지 분명한 것은 빨간 쟁반 위, 껍질째 곱게 썬 사과처럼 올려진 얼굴 분명한 것은 찬장 안, 겁에 질린 얼굴 문을 닫는다 놀라지는 않았지만 다시 문을 연다 그림자 무거운 컵 뜨거운 커피는 발끝에 모이는데 자꾸 갈증이 나는 페치카 목소리를 잃어버렸다 주인 없는 입술이 할 수 있는 것은 날선 수첩에 목소리를 적는 일 목소리는 뜨거워졌다 길 건너 N모텔 하얀 네온이 곁을 지키는 공장 바닥의 왼쪽 끝에서 오른쪽 끝으로 오갈 때 손등과 손바닥이 반씩 공존하는 영역에서 끈끈한 뭔가 흘렀고 사각 사각 서걱 서걱 벤치 위 롱패딩 둘 지하철 플랫폼 바닥에 떨어진 물음표 발이 없는 스타킹, 발목 없는 양말 사이 무지개 색 두루마리가 잽싸게 나왔다 잽싸게 들어갔다 놓치지 않아야 한다 "그토록 가지고 싶었던 것은 도대체 무엇이었나요?" "… 따뜻한 밥이 있는… 집이요." 23시 58분, 누군가 마지막 전철이 왔음을 큰소리로 알렸고 뛰는 소리가 이어지더니 잠시 뒤 전원이 꺼졌다 차근차근 구멍으로 채워지는 챕터 탁탁탁탁탁 가운데 손가락으로 두들기고 있는 'ㅇ'자판 탁탁탁탁탁 달궈진 바늘을 깊지도, 얇지도 않게 눈이 눈을 사랑한다면 뜨고 있는 눈에 아메바 징표를! 탁탁탁탁탁 누구 없어요? 귀에 아이들의 목소리가 탁탁탁탁탁 massage 지울 수 있는 아니 웬걸

검은 우산 머리에 검은 마스크 귀가 패이도록 신고 그때 비가
내리며 입모양은 흘러내린다 신발코로 판 돌 무더기 속 웃고
있는 나의 유채꽃 걸어도 걸어도 노랬다 "엄마 이것 좀 봐."
유채꽃이다 제일 가까이서 보게 되는 집

Spring

어둠 속에서 생각한다 아주 어두워졌을 때 박수가 튀어나오고 박수가 튀어나오자 불이 켜지고 그때 모두가 웃고 있었다 짝을 이루어 현관에 하나둘씩 도착한다 다리 없는 등산화 두 짝 낮은 발등 구두 네 짝 나머지는 까만 운동화 소고기뭇국이랑 잡채랑 맛있게 먹는다 초 가득한 케잌에 불이 켜지고 생일 축하 노래 뒤 후우 후우 여러 번 흔들리며 어두워지는 달의 밑창을 보며 닳은 밑창 어제 풀린 끈 누군가 게워 놓은 욕정 밟지 못하는 하중의 딜레마 누군가 몰래 토해내고 있는 노란 한숨 급하게 집으로 향하는 노을 당신인가요? 엘이디 조명이 박히며 더 짙어진 구름, 당신인가요? 키 따라 앉은 책들과 바퀴와 바닥이 연결된 중고 자동차들이 서로 겹쳐져 나란해질 때 화장실을 찾아 일어났다 간이 화장실 구멍들이 물소리를 내며 열렸다 닫혔다 (간이 화장실 구멍들이 물소리를 내며 열렸다 닫혔다) 신나 보이는 개들은 수만 개의 신발에 심장이 뛰는지도 모른다 배를 내어주고 선량하게 웃고 있는 눈꼬리 사랑한다며 눈꼬리를 매만지는 그를 본다 개나리는 몸이 부서지고 벚꽃은 낡은 종이 조각이 되어 떨어진다 유리창 안 사람들 나를 보지 않는

빨간 경쟁

　새빨간 카디건 호피무늬 스카프를 두른 그는 무료법률사무실에서 삼십 분째 목소리를 높였어요 "수상한 사람들이 이층에 살고 있어요" 딸이라는 사람은 다른 사람을 엄마라고 하고 엄마라는 사람은 내가 무슨 말을 해도 이렇다 저렇다 말은 않고 눈물을 흘릴 뿐 딸은 그 눈물만 게걸스럽게 먹고 있어요 자리 차지를 많이 하던 아저씨가 나가고 빨간 원피스가 옆자리에 앉았어요 오른쪽에는 빨간 가죽 재킷이 앉아 통화를 해요 빨간 원피스가 질세라 통화를 해요 내게는 빨간 게 없어요 나낭그라스는 시원한 물로 매일 갈아주고 잎을 골라주면 3주 정도는 꽃을 볼 수 있다고 했지만 물, 잎 아니더라도 사면이 막힌 사무실에서 잘 보존되기는 어려웠나 보다 빨간 원피스는 꽃잎 끝이 갈색으로 변하며 얇아지더니 목부터 꺾였어요

고용허가서

싸 아
빗소리 들리지 않는 비 꿰매러 나서는 중이야

엄나무 바닥을 더듬는 손바닥으로
흑단을 헤집는 구부정한 손톱 끝으로
비집고 들어오는 소리가 보여

봐—— 하 아 – 늘

앞에 놓인 커피가 입 꿰매고 있어

뙤약볕 새까만 손
방 울 방 울
일 달러의 맛을 모르는 혀

바들바들 떠는 땀구멍 꿰매 만든
빨간 비늘과 단단해진 검은 마디

가장 안전한 곳으로부터 흩어져야하는 타란튤라
살아남은 삼천 분의 이

〉

발에 백만 구천구백 톤의 무게를 얹고

꿰맨다면서

자꾸만 후비는

춘분의, 발톱의, 거미의 달리기가 시작되었다

동백꽃을 낳기도 전에 배를 잃어버린 기억

가까이 오지마,

우걱우걱 씹어버리기를 원하는 내장이,
널 삼킬지도 몰라,

어제의 포르기네이가 말한다,

너덜너덜 색이 바래도 잘했다,
눈코입이 찢겨나가도 이쁘다,

그제의 포르기네이가 말했다,

다정하고 다정한 달빛이슬로 몸을 치장하고,
간격을 좁혀가고 있는 당신에게,

오늘의 포르기네이가 말한다,

네가 무서워,

당신은 한 발짝 떼지도 붙이지도 못하고,

빛난 채로 떨어진다,

내일의 복숭아뼈,

나도 한 번쯤은 웨이브를 추고 싶다

아침부터 불안한 사람이 있다. 한쪽 손으로 봉을 쓰다듬고 다리는 웨이브를 치고 있다. 다른 한손에 쥐고 있던 커피를 몇 번이나 떨어뜨리고 손잡이를 잡으려고 허공에 손짓을 하고 심지어 내리려 서 있는 사람 머리를 만지기도 한다 (요즘은 세상이 뒤숭숭해서 그런지 약을 했나 하고 의심하지 않을 수 없다) 백팩을 고쳐 메고 대학이 있는 곳에서 내리는 걸 보니 멈추지 않고 아침까지 마신 대학생인 모양이다 취하라, 다시 취하고 싶지 않을 정도로. (나도 한 번쯤은 웨이브를 추고 싶다) 지하철 앞줄에 앉아 있는 여섯 사람이 모두 운동화를 신었고 운동화색이 여섯 중 다섯이 흰색이다 이제 슬슬 여름을 준비해야 하는가보다

그는 그를 모른다

SNS, 병실 침대에 모로 누운 그의 뒷모습이 액자처럼 걸려 있다 가난한 시골집 칠남 삼녀의 넷째 아들로 태어나 어릴 때 친척이 있는 부평 시장 가구공장에서 기술을 배우고 군대 막 다녀와 이 빠진 신부 맞아 아이 낳고 술을 신부보다 더 좋아한 이야기 월급봉투를 들고 오는 날에는 동네 빵집으로 가족들 불렀던 이야기 맥주를 가족보다 더 좋아한 이야기 제일 좋아 한 맥주 몸이 되는 이야기 이야기의 이야기 끝이 없는 이야기 겹쳐 비치는 액자 보는 다른 뒷모습을 본다 업혀있을 때 잡았 던 어깨 비슷하면서도 다른 모양 좁고 둥글고 넓은 그 어깨 너 무도 딱딱해서 딱딱해져온다 어깨가 가까이 겹쳐진다, SOS

스테이플러

친구가 입원한 초록 방이 있는 종합병원은 건물 지하에서 에스컬레이터를 타면 지하철을 탈 수 있는 지하도로 갈 수 있다. 일층에서 지하 일층으로 한번, 지하 일층에서 지하 이층으로 한번, 개찰구 지나 지하철 타는 곳까지 또 한 번 긴 에스컬레이터를 타야 한다. 늦은 시간이라 혼자 있는 그곳에서 계단이 빨려가는 것을 보았다. 살짝 무서우면서도 떨렸다. 소설 속으로 들어가는 느낌이 들었다. 소설은 보이지 않았지만 다른 내가 되어 엑스트라 45번의 역할을 맡아 있는 것만 같았다. 사람들이 만들어 낸 바닥의 얼굴 에스컬레이터의 줄에서 스테이플러, 미끄러져가는 제단기가 떠올랐다. 수많은 무늬들이 헐거워져 나왔다. 스테이플러의 줄은 몸에 구멍을 내어 종이를 묶어주고 제단기의 줄은 몸을 해체한다. 늦은 시간, 혼자 일 때, 다르게 들리고 다르게 보인다. 그리고 다시 줄을 서서 들어갔다. 몇 번 죽었다.

얼음이 얼굴을 핥는 오후

나무를 밟는다 나무는 이를 꽉 깨물었다 나무는 일어나 웃으며 밟는다 밟다 모른다 깨물었다 일어나다 웃다는 동시에 벌어져 어느 것이 먼저인지 모른다 모른다가 결론인지 밟는다인지 깨물었다인지 일어나인지 일어나 웃는다인지 웃으며 밟는다인지 이 모든 것을 지켜본 나는 웃는다 웃는 내가 일어나 웃으며 밟는 나무를 밟는다 부르르 떨며

몇몇이 인정한다고 잘 산 거라 할 수 있습니까 ( )는 그가 아니므로 그의 마음을 ( )는 모른다 모르는 그의 마음은 ( )에게 매일 먹는 밥과 같아 양손 균형 맞춰 끼던 반지 지구 반대편 나의 검은 바지 주머니 안에 있는 것을 모른다 그의 손에서 사라진 반지를 ( )는 날이 서도록 닦는다

36번 버스는 나를 단단하게 만들었다 저녁 바람 눈꺼풀 묶어 한 발 뗀다 엑스자 횡단보도는 몸 맞추기를 반복하고 깜박이는 신호등은 갈 길을 간다, 가는잎잎잎 벚나무 위 끝들은 밖을 향하며 머리를 어지럽힌다 나의, 오른팔 다리는, 자라지, 않는다, 작은 점 여럿 숨 후우 뱉었다 겹쳐진 입들이 내려다보고 있다

바질
토마토

정가을 · 사이펀 현대시인선 · 08

제2부

아
무
도

모
르
는

밤
의

정
면

달빛에 젖은 155번 버스

나 부들부들해요

파란 트럭 짐칸 끝 빨간 플라스틱 대야
몸 돌돌 말은 미역 데리고

Push Push 인형뽑기방 지나고

무 – 파프리카 – 시금치 – 배추
안부 전하고

목화장 여관으로 갑니다

내리막 브레이크
길가 세워진 오토바이

반짝이는 Jin 네일
꾸벅꾸벅 졸던 손톱은 내리고

희고 푸르딩딩한 체크 타일 바닥을
뒷모습을 남겨요, 우리의 ―

미끌한 베개 밑으로 손이 빨려 든다

어두운 관공서들이 매달린
도롯가 댕강나무 꽃향기

작은 교회 지붕 빨간색 네온 십자가
내 입에서 혓바늘로 돋아났다

옆으로 누웠는데
시계 끝자리 영이 될 때

삭제된 저녁
노을 퍼지는 흰자위

엄지와 중지 사이

키 낮은 봄 색 나무 탁자
밑동을 탁

아– – –악

탁

〉
작은 가슴 여덟 개를 비닐봉지에 넣고
풀리지 않도록 묶어 바닥없는 휴지통에

탁
탁

아직 버려야 할 머리 일곱 쌍, 키 다른 다리 둘
입속 다섯 줄기 혀

늙지 않은 어른의 키가

악
소리를 내고 있다

술이 좀 세면 좋겠다

나는 몽글몽글 힘을 내고 있습니다
(술이 좀 세면 좋겠다)

길이가 딱 맞아떨어지는 아홉 칸 CCTV
푸른 콩이 사이좋게 자리 잡고 있는 중입니다
(술이 좀 세면 좋겠다)

각각 다른 방의 내가 있습니다
(술이 좀 세면 좋겠다)

왼쪽에서 두 번째, 위쪽에서 세 번째 있던 내가
다시 오른쪽으로 한 칸, 위쪽으로 두 칸째 있습니다
(술이 좀 세면 좋겠다)

0.1초 만에 사라졌습니다
(술이 좀 세면 좋겠다)

오른쪽 둘째 주 가운데 칸에 마스크 낀 내가 나타나자
경보음을 참고 있던 기침이 빨갛게 피어났습니다
(술이 좀 세면 좋겠다)

〉
긴 복도를 따라 몸이 길어지니
계단과 계단 사이 창가에 닿았습니다
(술이 좀 세면 좋겠다)

구청 입구 막 심어 놓은 화단
일렬로 앉아 있는 어린 국화 얼굴들
(술이 좀 세면 좋겠다)

쉼표 허리의 할머니
까만 봉지 옆에 내려놓고 폰에 담습니다
(술이 좀 세면 좋겠다)

놓치지 않았지요
분홍, 노랑, 빨간 꽃잎 요염한 밤이슬
(술이 좀 세면 좋겠다)

속이거나 밖

제목은 무덤이야
살찐 비둘기가 말했어요

뭐라고? 무덤이라고

더 열리지도 닫히지도 않는 창속
사람 발길 닿지 않는 베란다

들썩들썩 몸 키우는 응달 엉덩이
키 재다 다람쥐꼬리 쪽으로 빠지는 노을

누워 인사하는 오리
눈 깜박이는 직박구리
손 닦는 큰부리까마귀

그리고

나의 곤줄박이

거친 인조 잔디 위에 새 깃털들이 꽂혀 있고

바람에 자유로이 몸을 흔들고 있었다

반으로 자른 키위
검붉은 근육 너덜너덜해져

개는 휘어진 방충망
방에만 나타나는 길을 따라 나가버렸다

잔털과 가시
뿌리 없는 엉겅퀴만 남는다

무덤이었다

호스피스병동 – T관

입으로 숨 쉬던 침대 물 달라고 한다 머리맡은 건기
의 언덕 같아 고개를 돌릴 수 없다 물을 반 정도 떠
서 계속 그래왔던 것처럼 벌린 채 굳은 입으로
천천히 가져가 숟가락을 기울인다 혓바닥에
　　　　닿으려면 목젖을
　　　　먼저 건드려야 한
　　　　다　입가로 발이
　　　　끝인 듯 힘없어 턱
　　　　을 지나 빠르게 흘
　　　　렀다 목젖이 젖자
　　　　문이 닫혔고 눈이
　　　　껌벅껌벅늘어진
　　　　카세트테이프로변
　　　　하며 말했다 아–
　　　　안–녀–영

숲

아래에 있는 것들은
모조리 훔쳐야 한다

숱이 있어야 제구실을 하지

오늘의 할 일을 끝내고

바닥에 몇 번이나 머리를 박고

그제서야 떠오르는
수챗구멍 회색 추억

담장에 기대 머리카락을 펼치자

파도가 밀려오며 느린 목소리로 괜-찮-아-요

말이 끝나기도 전에
가버리고는

다시
물음표가 없는 물음표를 반복한다

R로봇

R로봇이 파르르 떨렸다
목소리는 눈에 들어오지 않는다

R로봇은 평소에도 그랬다
원고 읽는 속도는 속력을 업어 숨이 가쁘다

어느 엄마 이야기 하며
돌봄 받지 못하고 매 맞는 키보드 되고

막걸리로 잠을 깨우고
소주로 잠드는 가방 이야기를 하며
손가락 마디 굽은 계단 되어

R로봇의 몰아쉬는 한숨에
목소리는 무거워진 머리카락을 쓸어 넘긴다

가령
네온의 열림 뒤에는 닫힘 같은,

밤의 소파에 기대

오늘 먹었던 구내식당 번진 색의 비빔밥 생각을 하고 있는데

나무 팔걸이에서 폭죽 소리가 났다
축제 기간인가

까만 하늘이
터지도록 뛴다

달이 크게 보이는 동네를 알고 있다

등 날갯죽지를 누군가의 수염이 문질러

깨었는데 형체가 보이지 않고

그때 두통이 시작되었다

아무도 모르는 밤의 정면

담배 피우는 사람 아흔아홉 명

출발하는 버스 보며 미소 짓는 사람 다섯
(미소 짓는 사람 보며 미소 짓는 사람 다섯)

둥둥 떠다니는 얼굴 마흔두 개
(핸드폰 액정 위 머리 스물두 개)

정차 없는 간이역
(저 다음 정거장에서 내려요)

울렁거리는 커브 스톤
(토하는 엑셀러레이터)

끝내지 못한 보고서가 오른쪽 어깨에 앉아
주고받는 문자

금요일 밤에 갈까요?

그럼 토요일 오전에 갈까요?

토요일 오후에라도 갈까요?

용과 익어가는 집
기다리지 않는
휴대폰 번호 뒤 숨은 문자 한 켠

일주일에 한 번, 실컷 하는 멀미

창문 틈 고음의 바람이
목을 할퀴었다

한 마리를 시작으로 구백구십 마리 개미가
바닥 긁어 만든 실선

당겨지듯 사라진다
잠시의 틈으로

거리보다 어두운 맨션 창문
너비는 주차장 길이만큼 이다

거미가 없어진 침대에 붙었다

염증

화장실에서 볼일을 보는데 피가 나오다니요

지나는 사람들 닿지 않으려
둘러왔을 뿐인데

술주정 바람에 곡선으로 흐르는
골목방 하나 따시게 하려는 것뿐인데

양철냄비 속 끓는 달빛 들리지 않고
빼꼼히 문 여는 아이 보이지 않다니요

옷 벗긴 아이스크림 녹지 않길 바라다니요

볼 때마다 달라져요

흐물해진 어깨를 주무르다 내 손도 흐물흐물해졌어요

지하철 안전유리에 비친 여러 개의 팔들을 꺼내 와요
감싸도 안겨지지 않는 일곱 개의 기둥을 지나가요

자갈 밑 유리
유리 밑 억만년 깊이의 구멍을 보아요

촘촘해진 지폐들이
따라와 나의 뺨을 때려요

에잇!
너덜거리는 방은 그냥 떼어버리기로 해요

대화하는 빈집

이 계절 도로를 달려온 투명제비는
굿모닝도 없이

바지랑대에 걸린 가늘어진 빨랫줄에 앉는다

밥은 먹고 다니니

뭐가 들었는지 든 게 있기나 한 건지
그늘에 바짝 데워진 장독대에 앉았다가

일은 할만하니

노란점박이 고등어에게는 다리와 머리, 가슴과 팔을 나눠주
고
칼날을 밤새 품고 있던 풀치를 손목으로 내리친다

요즘도 물을 많이 마시니

시멘트 마당을 얼굴보다 더 씻어대도
뻘건 땟국물이 고인 웅덩이에 꼬리를 내린다

〉

눈은 덜 아픈 거니

소금 맛 나는 바람이라면 꼭 찾는
신양리 슬레이트 지붕아래 아름다운 그 마당

내일은 안돼, 지금 오세요

자그마한 산을 등에 메고
남해로 가는 8차선 도로를 앞에 둔 마을

지난봄 아파트 사이 벗나무 솜꽃 지고
통로 닫힌 문에서 빠져나온 고름

모든 걸 지켜본 고목
초록 잎들이 반짝이며 터져 나온다

손이 떨려 마우스가 움직이지 않는 순간-
순간으로 뒤 페이지가 달라질 때

미궁 같은 동네이고 미궁의 집이었다

제3부

루
시
퍼

다정한

아파트 단지를 가로질러 걷다 보면 벚나무가 말을 걸어온다

나 발광하고 있어 너는?

벚나무 잎 끝이 뾰족하고 초록이 너무 투명해

빠져나오는 질투가 무서울 정도다

잎은 겹쳐질수록 진하다

엑스 횡단보도를 성큼성큼 걷는다

작년 이맘때에도 다르지 않았을 텐데

왜 이리 어색한지

앞으로 더 밝아질 것이다

서있는 사람

바짝 깎은 손톱
손톱 끝 하얀 리넨 한 올

어제로 넘긴 162페이지
유난히 튀어나온 무릎이 눈에 걸린다

간이역 2층 엘리베이터 난간에 기대
누가 고양이를 죽였나*를 읽는데

회색 모자 눌러 쓴 주인공 A 머리부터
검은 스타킹 신은 주인공 C 다리부터 에스컬레이터를 타고
올라온다

자판기 커피 80ml인지 100ml인지
날숨으로 진득한 한 방울 남기고

네스카페 ––80ml ––100ml라고 적힌 종이컵을
버리지 못한다

하나같이 반쪽만 있는 사람들
손잡이 잡은 오른손 손가락 없고

* 윤대녕의 소설 제목

prison

머리가 커 보이는 게 싫어서
다리에 젖은 솜을 넣었다

걸음을 뗄 때마다
언 귀가 바닥에 떨어지고 눈물이 흘렀다

두 번째 트랙에 이르면
어김없이 숨이 찼다

루시퍼와 눈 마주치지 않기 위해
쉬지 않고 걸었다

검은 길
주황색 점으로 박혀 흐느적거리는 집

손바닥만 한 창이 새겨진 방은
흰색 입김으로도 쉽게 데워지지 않아

눈을 감는다
멈춘 듯

〉

"백 미터 이내에서는 무조건 걸어야 합니다."

안녕 생강나무

핸드폰 메모장 제목 뒤
옅게 그려지는 그물선반

'이제 그만' 이라고 하자 제목은 지워지고
그물 속으로 빠져

몸 웅크리고 있는 ㅇ과 ㅁ
그물에 걸려 시소 탄다

하고 싶은 말이 있어?
응하고 ㅇ이 그물 속으로 쏘오옥

오늘 아침밥 먹었는지
커피는 한 잔 했는지

몸은 괜찮은 거니,
응하고 ㅁ은 팔을 떼고 입도 떼서 그물 속으로 쏘오옥

흔들리며 진해진 그물은

알싸한 향을 냈다

ㅂ부터

영광

너
무
커

수미산을 숨이 차도록 오르면
금강계단을 건너 닿을 수 있는 어제의 달처럼

불멸의 살결에 금이 간다
삭발한 해바라기

돌담아 나에게 기대
칡넝쿨아 나에게 기대
얼룩진 운동화야 나에게 기대

뜨거운 팔월의 염전
사각사각 웃으며
보고 싶은 그를 지우고
하고 싶은 그를 지우고

모싯잎 송편

〉
아—

너
무
커

전철이 잠깐 흔들렸는데

개나리 색 머리를 한 아이 엄마가 아이를 앞으로 안은 채
젖병에다 보온병의 물을 붓고 뚜껑을 돌려 닫았다

아이가 온몸 돋움을 하며 울었다

전철이 잠깐 흔들렸는데 그때 젖병이 떨어졌고
맞은편에 앉은 이의 발을 향해 굴렀다

지구계의 시간으로 아주 잠깐 의심했지만
젖병이 구르자 그 옆의 거구의 남자가 우주계의 믿기지 않은
속도로 움직여 낚아챘다
반사적인 행동이라고 결론짓지 않았다

보는 계속 머릿속에서 고리타분한 연민의 단편들이 지나갔
는데
그 순간에
그러한 이야기를 짓고 있는 내가 제일 고리타분하다는 것을
느꼈다

속력은 터벅한 표정으로 아이와 엄마를 쳐다보았다

찌

어제가 몹시 피곤했어요

등에서 머리가 튀어 올라요

대부분 고개를 숙였다
이마의 눈썹만이 숱을 매만지며 줄 서있다

노을은 배경을 도려내느라 허기가 져요
그림자에 몸을 맞추고

목소리 없는 부름

손끝 찌르는 블루베리 잼이 가리키는 곳

펼쳐진 구석에 불이 켜지고
둥그레진 식빵의 등이 보였다

혀끝 어지러운 창을 긁어
마른 죄와 삼킨다

음악분수

크고 날선 칼로 잘라
여러 개의 병에 나눠 담는다

너는
재단사

찰방거리며 높아지는 반항의 수위

꿰매면서 신맛으로 붉어지는 벽

쏟아지며 할퀸 자국
숨 한 겹의 무게

들릴까말까 한 말
오른쪽 눈 밑 떨림

얼굴과 상관없이
다른 몸으로 태어나는
요오드색, 초록색 그리고 붉은 삼각 플라스크

그 속에 잠긴
두꺼비집

지하 41층

사람들이 그요일 보다 많은 목요일
새 옷을 입은 보도블록 위로

담배연기가 만드는
나무 그림자

검회색 머리카락 한 올 한 올의 두께
발톱으로 세우며 돌아가는 운동화 코 두 짝

모퉁이의 닳은 손으로 짠 그물을 돌아
앞으로 간다

집으로 간다지만
집은 아닌 걸

어두운 발코니 어두운 앞과 뒤
짧은코가시두더쥐와 먹는 늦은 저녁

치즈 조각 없이 마시는
흙 잔의 와인

재난긴급생활지원금

벌써 여름, 덥다는 말이 자연스레 나온다 화장실 가는 길 바깥을 보는 창이 있는 중간 계단 운이 좋으면 노을을 볼 수 있는 창을 지나다가 문득 밖을 보는데 6차선 도로에 먼 나무 그림자가 도로를 차지하고 있다 차들이 지나가며 그림자를 밟았다 그림자는 차를 감쌌고 편견 없이 모든 지나는 차들을 모두 축복해 준다 문의와 항의는 좀처럼 줄어들 기세도 없이 시간이 지날수록 거세진다 술 냄새를 방패삼아 욕설을 퍼붓는다 동료들끼리도 언성이 높아진다

종이꽃

어스름한 유리창
푸른색과 붉은색의 팽팽한 밀고 당기기가 있는

많이 어두워졌고 바람이 창문을 두드려대는데
더 이상 앉아 있을 수 없어 집으로 나서는 길

지하철역까지 가는, 그렇게 스산할 수 없는 길
태극기 새마을기가 깃대를 때려대는 소리
(한 번도 듣지 못했는데)
인도 구멍마다 터져 나오는 물 흐르는 소리
팬지의 사체가 흐트러진 화단의 그림자
화단 구석을 떼려는 비닐봉지 소리
스산함이 우울함을 몰아내는 밤
그렇게 하루가 지나가고 있었다

끝나지 않은 보고서를 넣은 백팩을 앞으로 메고 지하철을 탔
다
유리창에 얼굴이 비쳐 고개 들지 못하고 손으로 감싸고 있는
데

지나는 사람은 한 번쯤 돌아 볼

그럴듯한 그림자 만드는

그

럴듯한 형체를 가지고 있는

바질
토마토

정가을 · 사이펀 현대시인선 · 08

제4부

틸란드시아

이오난사

틸란드시아 이오난사

시작은 없었다

온몸으로 포물선을 긋고
닿는 면이 헐고서야 커지고

몸 끝이 붉어진다
아름다워지지만

아름다운 장면 속은
젖어 흐물거린다

꽃을 치워
꽃은 화상으로 검붉다

꽃은 지고
시작은 없는 것이 되는 것이다

여럿이서

젖꼭지가 떨어져
발 옆으로 굴러왔다

일제히 넓어지는 목덜미의 각도

손끝에 매달린 아직 까만 밤

계界의 계計

인대 끊긴 미간 사이로
걸어 나오는 왼 발 오른발

한 걸음에 걷기
한 걸음에 뛰기
한 걸음에 날기

우주계와 지구계가 어울려 만들어내는 계이름을
지켜보았다

옥상

귀가
뜨거워지고 있다

마음이 약해진 것은
젊을 적 일을 많이 했기 때문이다

놀부는 늙지도 않을 거야

등이 켜졌다 꺼진다

숨소리와 쉰 마디 사이

접었다 폈다
닭 볏이 갈라지고 있었다

습관성 망각
   — 팬지

특히,

아래 두 꽃잎이 한낮 햇살 받을 준비로 몸을 비틀고 있는 것
을 본 그가

오늘,

어제의 두꺼운 외투를 입고 집을 나섰다는 것은

손톱을 다 깎고 보니 손가락 하나를 빠뜨렸다

마저 깎는다는 것이 결국 월요일까지

그냥 출근했다

손등 깎는 것을 깔끔하게 끝내지 못하는 것에 대해 생각한다

혼자 긴 손톱을 바라본다

(어쨌든 손톱은 잘려졌다)

오월 대학가

한여름 올라갔다가는 등이 다 젖는
직각 산 위 대학

새순 아우성하는 여름 젖어들자

까만 하늘 수십 가지의 꽃을 터트린다

아!
축제구나

사라지는 달의 소매를 잡고

빛바랜 새마을기 날리며 깃대를 부딪혀 경고의 종소리를 내
고 있었다

계단 끝 긴 머리 검은 봉지 손짓에 걸음을 한번 멈췄다가

멈춘 것을 누가 볼까 봐
발도 없이 바닥에 바짝 발바닥을 붙여 걷는데

기울어진 수챗구멍에서 긴 머리 여자가 흑흑거리며
하수도 물을 토해내고 있는 것을 보았다

구겨 신은 운동화 뒤창으로
걸어 들어온 한줄기 빛살에게

매끈한 벽에 쓸린
까만 복숭아뼈를 차로 내어준다

내어준다
이제껏 버틴 사과

내어준다
마른 장작의 등

다
내어준다

리버역

젖은 역

진해지는 인조가죽 운동화

마지막 남은 표지

마주치지 않기를

36페이지와 54페이지를

혼자인 가슴들

약속인 듯 모이는 나

생일

붉어지면서 점점 불어나는
해체된 몸뚱어리

매운 내가 정해지지 않은 방향으로 튀었고

아흔여덟 번 피했지만
아흔아홉 번째 피하지 못한 그의 목구멍이
찢어졌다

머리 없는 검은 모직 등 하나

버스 손잡이를 덮은 실핏줄

밤을 잊은 눈은
휴일 쉬지 못하는 그가 갈고 있는 칼날 모양을 하고

익은 담배 뒤로
줄지은 택시

빈차
빈차

빈차

내리고

커브마다 부딪힌 머리
무릎까지 내려오는 패딩을 잡으며
창과 이별하며 맞추는

제5부

고양이 한 마리 개 열세 마리

당신의 건강과 행복을 위하여

전신마취를 하고

하루 종일 걸린 수술이후였다

깨어보니

허연 옷을 입은 여럿이

방안을 날아다니고 있었다

소리를 질렀다

욕을 하였다

깨어났다고 생각했는데

누군가

내 몸을 흔들어 깨웠다

법제심사 후

제안 설명 드리겠습니다

커피를 마시면 지하 화장실로 쫓아간다

한 글자도 흐르지 않게 전부 개정하겠습니다

퇴근시간 일을 다시 시작한다

지는 해를 떨어뜨리지 않으려 부풀어 오른 창문

활성화를 확대하여

한글 빈 문서 1의 시작은
예방 및 보완

모니터 갈라진 틈 비틀어진 선제적 대응

본질적이고 장기적인 문서의 밤

봄날

똥 걷으러 간다

고양이 한 마리 개 열세 마리 아이 셋 있는 단독주택 2층

현관 입구 거실 큰방 부엌으로 난 길 따라
똥을 따라

한 마리 두 마리 세 마리 네 마리 다섯 여섯 일곱 여덟 아홉

열 마리 개는 철장에 모여

털들은 분수처럼 날리고

간지럼에 맹맹해진 코

개 실려 간다

봄볕 목구멍으로 넘어가지 않는 날

희귀한 과장님

세무서 가는 길
"이 꽃은 뭐 이리 흔한 거야"

외투를 곱게 안고
국밥집 문을 연다

싸늘한 날에는
돼지국밥이지

첫 숟가락에 데인 입천장

늦은 생각은 깍두기를
꼭꼭 씹는다

등을 펴고
인사에 답하는
작은 팬지

밑바닥 아무도 모르는 땀을 식히는
작은 머리들

떠돌이

백골이 발견되었다
일 년은 넘었을 거라고
한 번씩 들르는 오빠가 있으나 그인지 다른 사람인지 모른다

날씨가 더워지면서 들여다보았다고 한다
오래전부터 냄새가 났다고 한다

백골이 발견되었다

몸 타는 수만 마리 노래기

감은 눈
베어진 코

어제는 몸이 흐믈흐믈하였다

차례대로 없어진
내가

옆방에서
발견되어졌다

phone:who

눈은 감는다

가나다라마바사아 자 아 차 카 타 파 하
하 하 하,

한 자 적지 않으면
액정 사라지는 일정 메모난

스테인리스 그물 선반에 끼인
서로 다른 글자들

글자 속으로 부풀어진 어둠

내릴 때 꼿꼿해지는 허리
흘러넘치는 그럴듯한 연기

가까지 지우고

거짓말
 – 베트남 이주여성의 죽음

우울증 약을 먹지 않았던 삼년 전
시집오기 십년 전
아니 태어났을 때부터의 피의 얼룩은

목젖에서부터 번져
교회 마당으로 굳어졌다

고수 잎이 바람에 휘–이 저어졌다가 떨어지는 순간을
"오늘, 나 멀리가요"
라고 했다

공기 반 모금으로 삼키는 투명캡슐

사무실 한쪽에는 결혼중개업소
그 옆자리는 결혼이민자를 위한,

어마 무시한 프로젝트

무료법률사무소

내 ★는 내 말을 듣지 않아요
밥 안 했다고 집을 나가라고 해요
I'm tired

내 ★는 밥 먹고 하는 일이 없어요
엄마 돈으로 4년을 산 거에요

나는 어디서 온건 가요?

팔에 매달린 넝쿨 토마토
노란 씨를 토해내며 울어도

괜찮아 괜찮아
입김으로 하는 말

★★가 가득한
일 점 오평 사무소

잠시 밖에서

그것을 모를 때가 있었다
대부분 모르고 지냈으나

꼰 다리는 얘기하는 중간 중간에 하품을 해댔다
하품 하는 중간 중간에 말을 해댔다

'깜짝 놀랐어'라고 말하는 눈이 동그래졌다

끊임없이 올라오는 맥주 탄산은
졸음으로 뭉게뭉게 피어났다

겉이 바싹해진 담배를 한 입 깨물었다

칼을 손에서 떨어뜨린 순간 필름이 펼쳐졌고
빠르게 지나갔지만 보았다

바닥이 없어지면서
들어갈 안이 없어졌다

케니*의 하루

붉은 모래바람이 수시로 만드는 형태 없는 탑이
있다가 사라지다를 반복하는 볼을 닦는다

감정 한올 없이 매끈한
지하철 손잡이 모양의 귓불을 닦는다

흥건해진
줄무늬

손이 없는 손목에 걸치고서
역 출입구로 걸어간다

무덤이 되어버린 눈을 닦는다

* 케니(Kenny) : '근친 교배'로 다운증후군을 가진 채 태어난 호랑이

제6부

게
스
트

하
우
스

난간에 기댄 중고자동차매매단지

핸드폰 들고 있는 사람들은 여섯에서 일곱으로

일곱에서 셋으로 변했는데

얼굴들은 서너 개의 표정을 낳는다

꽃이 지고 다시 필 때까지

번호 없는 차들이

송홧가루 거리를 유지하며 떨어지는 것을

지켜보고 있다

분홍성게 향, 메리골드 맛

❖ 갈래가시

갈래가시가 먼저 만져졌다
만지는 곳마다 머리카락이 한 움큼씩 떨어졌다

갈라진 머리 바닥으로
그 속이 보인다

그것은 알이 모여 있는 것 같았고
메리골드 색이었다

작은 숟가락이 있다면
더위에 썩은 음식 쓰레기 맛 미완성 보고서와 제출일이 엉켜
서걱한
맛을 봤을지도 모른다

❖ 마대자루

청하면사무소 마당에 누군가 던져놓고 간 마대자루
그 속 가득한 가시들

〉
분홍성게로 배를 채운 사람들은
변소를 내내 들락거렸다

똥맛이었다
말하는 눈이 그렁그렁했다

❖ 찐주황

주름 사이사이 한숨들
그 속 가득 찬 찐주황, 향

눈을 가늘게 뜨며 쳐다보다가 깨었다

graph paper

• 오전 9시– 새까만 커피
  시간과 할 일을 적는다

• 차례 있는 시간 옆에 이름 하나 적다가
  멍이 차도록 지운다

2.6

2

• 오전 9시 10분– 오늘 할 일을 완성하고
  할 일 정중앙으로 파란색 선을 긋는다

• 멍 아래 노려보는 눈 웃고 있는 입을 본다
  먼 산 보는 코 칼을 품은 소매와 스치며 흐른다, 투명 피

오전 9시   오전 9시 10분

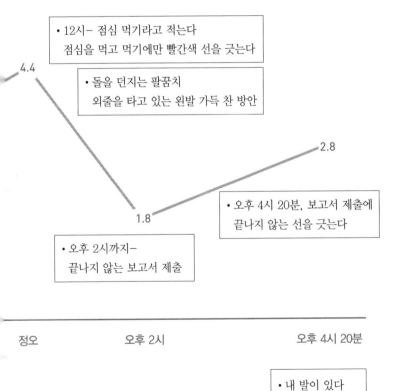

- 12시– 점심 먹기라고 적는다
  점심을 먹고 먹기에만 빨간색 선을 긋는다

4.4

- 돌을 던지는 팔꿈치
  외줄을 타고 있는 왼발 가득 찬 방안

2.8

- 오후 4시 20분, 보고서 제출에
  끝나지 않는 선을 긋는다

1.8

- 오후 2시까지–
  끝나지 않는 보고서 제출

정오   오후 2시   오후 4시 20분

- 내 발이 있다

graph paper

오전 9시- 새까만 커피
시간과 할 일을 적는다

차례 있는 시간 옆에 이름 하나 적다가
멍이 차도록 지운다

오전 9시 10분- 오늘 할 일을 완성하고
할 일 정중앙으로 파란색 선을 긋는다

멍 아래 노려보는 눈 웃고 있는 입을 본다
먼 산 보는 코 칼을 품은 소매와 스치며 흐른다, 투명 피

12시- 점심 먹기라고 적는다
점심을 먹고 먹기에만 빨간색 선을 긋는다

돌을 던지는 팔꿈치
외줄을 타고 있는 왼발 가득 찬 방안

오후 2시까지- 끝나지 않는 보고서 제출
오후 4시 20분, 보고서 제출에 끝나지 않는 선을 긋는다

내 발이 있다

사월末말 오월初초 사이

칸에 맞춰 쓰기도 하고 칸 너머로 쓰기도 한다

이상하다 싶으면 칸에 맞춰, 칸과 상관없이 긋기도 하고

괴롭혀 멍을 만든다

볼펜으로 새까맣게 칠하다 보면 미처 칠하지 못한 부분

사나운 눈이 되기도 하고 손이 되기도 하고 발이 되기도 한다

보면 볼수록 그것들에게서 그리움을 느끼는 것은 왜 일까

영산홍 꽃이 지며 거꾸로 인도에 처박혀 있는 기억

짐은 의자 하나가 전부이다

그 둘은 건장했다 늑ㄷㅔ가 나타났다 아 소리치면 건장한 청
년 둘은 감쪽같이 사라졌다 무서운 얼굴의 건장한 늑ㄷㅔ는
혼자 있을 때 나타난다 위협하는 얼굴- 집은 안전하지 않다
나뭇가지 꺾어 바닥을 만들고 그 위에 마대를 깔아 잠잔다 앉
아서 잔다 얼굴들은 벽에서 나타났다 벽이 없는 안전지대 키
가 비슷한 나뭇가지 위 겹치지지 않은 정부미 노란 포대 두 장
위에 앉아 잔다 지나가는 누군가를 기다리고 있다가 외칠 것
이다 늑대가 나타났다 아

살점 하나

지하 가는 길

아래로

아래로

엘리베이터에 나를 조금 흘렸다

필요 이상의 단단함은 어디에서 오는가

 손톱은 본인의 이야기를 들으면 부끄러워 휘어졌지만 동시에 단단해졌다 단단한 손톱은 아프게 자라면서 당겨지지 않는 골을 만들어 나 아닌 것은 갈라 놓는 것으로 도전했다
　　　　　갈라진 살결은 뜨거웠지만 동시에 형체가 없어진다 (내)말을 듣지 않아 (내) 관심이 필요했어요 인터뷰를 하는 눈은 선명했지만 목소리가 없었다 (나는) 관심이 필요했어요
　　　　　　　몸과 정신의 자국은 솔직했지만 눈치챌 수 없어 사진으로 남겨놓는다

섬진강(,) 털갈이(,)

게스트하우스 도시고양이생존연구소

화개 장터에서 데려온 진돗개 몽이(,)

섬진강 바라보며

손님 가기를 기다렸다가

두 바퀴쯤 빈 책방 돌고

계란꽃(,) 수국(,) 핀 마당 돌고

먼 길 돌아와 터는 물고기 한 마리(,)

경계를 따라 상추가 한 줄 심겨져 있고 가지, 오이, 호박이 있고

중년 남자가 다가와 이모님 잔돈 있으면 좀 주세요 한다 잔돈이 없어요 요즘 누가 잔돈 들고 다니나 머리 하얀 사람은 지나쳤고 아주 잠깐 멈춰 서 보는 것이 전부였다 쉬운 기대와 거절의 기술에 대해 생각하다가 버스를 잘못 내렸다 지각하는 꿈인 줄 알았는데 지각은 벽 앞에 서서 땀을 흘렸다 한 손에 들고 어색한 이와 마시다 남은 커피가 구멍에서 튀어 올라 물고기 모양을 하고 있다 찾을 수 있을까 올라왔던 길은 하얀 운동화를 신고 상추를 뜯는데 하얀 물이 나왔다 비가 내렸다

낯선 일상의 발견과 현대적 서정의 깊이

― 정가을 시집 『바질토마토』

황정산

(시인 · 문학평론가)

낯선 일상의 발견과 현대적 서정의 깊이

황정산
(시인, 문학평론가)

1. 들어가며

현대사회의 특징 중 하나는 복잡성이다. 생활의 편리함이 늘어날수록 우리의 삶의 복잡성은 더 커져간다. 사회구조와 사회집단의 다양화에 따른 인간관계의 복잡성은 말할 필요도 없고 생활의 많은 부분에서 우리는 이 복잡성을 경험한다. 삶의 편의성을 위해 만든 촘촘한 교통망이 우리의 동선을 더 복잡하게 만든다. 지하철 환승역의 그 복잡한 구조가 이를 잘 보여준다. 생활의 편리함을 위해 만들어진 많은 전자기기들도 마찬가지이다. 자동으로 제어되는 생활가전부터 일상의 삶을 지배하고 있는 스마트폰까지 편리함을 위해 추가된 많은 복잡한 기능들이 우리의 머리를 혼란하게 만들고 있다.

이러한 복잡한 사회에서 사람들이 느끼는 정서는 과거와는 달라질 수밖에 없고 그것을 표현하는 서정시 역시 과거와는 다른 모습일 수밖에 없다. 흔히 낡은 서정이라 지적하는 것은 이러한 시대적 변화를 보여주지 못하고 과거의 오래 된 농경사회의 공동체적 정서에서 벗어나지 못한 서정시를 두고 하는 말이다. 서정시 자체가 낡은 것이 아니라 시대에 맞지 않는 것의 무비판적 답습하는 서정이 문제인 것이다.

과거에는 서정시를 통해 사람들은 세상과의 합일을 구하고 서정시가 노래한 공동체적 정서를 통해 감동과 흥취를 서로 나누었다. 하지만 복잡한 현대 사회에서 삶의 형태와 가치 지향의 다변화 그리고 그에 따른 정서의 개성화는 이런 것을 불가능하게 만든다. '개취'라는 말이 유행하는 것도 결코 우연은 아니다. 이런 점에서 볼 때 정가을 시인의 이번 시집의 시들은 지금 이 시대의 서정이 무엇인지를 생각하게 해 준다. 복잡성의 시대인 현대 사회를 살아가는 인간 내면의 정서가 그의 시에는 고스란히 담겨있다.

2. 일상의 재발견과 삶의 복잡성

정가을 시인의 시들은 삶의 디테일들이 살아있다. 그의 시를 읽으면 마치 홍상수 감독의 영화 한 장면을 보는 듯하다. 우리가 일상을 살면서 눈에 두지 못한 장면이나 사물들이 문득문득 등장한다. 익숙하지만 생각해보지 못한 그런 자질구레한 삶의 디테일들이 전혀 다른 모습으로 우리 앞에 재등장한다.

어둠 속에서 생각한다 아주 어두워졌을 때 박수가 튀어나

오고 박수가 튀어나오자 불이 켜지고 그때 모두가 웃고 있
었다 짝을 이루어 현관에 하나둘씩 도착한다 다리 없는 등
산화 두 짝 낮은 발등 구두 네 짝 나머지는 까만 운동화 소
고기뭇국이랑 잡채랑 맛있게 먹는다 초 가득한 케익에 불
이 켜지고 생일축하 노래 뒤 후우 후우 여러 번 흔들리며 어
두워지는 달의 밑창을 보며 닳은 밑창 어제 풀린 끈 누군가
게워 놓은 욕정 밟지 못하는 하중의 딜레마 누군가 몰래 토
해내고 있는 노란 한숨 급하게 집으로 향하는 노을 당신인
가요? ...(중략)...배를 내어주고 선량하게 웃고 있는 눈꼬
리 사랑한다며 눈꼬리를 매만지는 그를 본다 개나리는 몸
이 부서지고 벚꽃은 낡은 종이조각이 되어 떨어진다 유리
창 안 사람들 나를 보지 않는

– 「Spring」 전문

이 시의 제목 "Spring"은 다중의 의미를 가지고 있다. 먼저
이 시의 시간적 배경인 봄을 의한다. 그런데 봄은 시인의 눈에
완성된 모습으로 다가오지 않고 "개나리 몸이 부서지고 벚꽃은
낡은 종이조각이 되어 떨어진다." 이는 자연과의 합일을 이루
지 못하고 자연마저 파편화되어가는 지금 이 시대의 정서를 대
변한다. 또한 "Spring"은 튀어나오다, 라는 의미를 가진 동사
이기도 하다. 이 시에서는 우리 주변에 놓여 있지만 전혀 의미
를 갖지 못한 채 존재해 온 사물들이 갑자기 튀어나온다. 현관
에 벗어놓은 신발들이나 그 신발의 풀린 끈 등이 바로 그런 것
들이다. 시인은 바로 이런 사물들에 초점을 두어 우리가 얼마
나 많은 하찮은 존재들과 함께 하고 있고 그것들의 산만함 속
에서 살아가고 있는지를 보여준다.

그런데 우리는 이 자잘한 일상의 디테일들을 무시하고 어떤

의미 있는 것들을 찾아야 한다고 생각한다.

> 개나리 색 머리를 한 아이 엄마가 아이를 앞으로 안은 채
> 젖병에다 보온병의 물을 붓고 뚜껑을 돌려 닫았다
>
> 아이가 온몸 돋움을 하며 울었다
>
> 전철이 잠깐 흔들렸는데 그때 젖병이 떨어졌고
> 맞은편에 앉은 이의 발을 향해 굴렀다
>
> 지구계의 시간으로 아주 잠깐 의심했지만
> 젖병이 구르자 그 옆의 거구의 남자가 우주계의 믿기지
> 않은 속도로 움직여 낚아챘다
> 반사적인 행동이라고 결론짓지 않았다
>
> 보는 계속 머릿속에서 고리타분한 연민의 단편들이 지나
> 갔는데
> 그 순간에
> 그러한 이야기를 짓고 있는 내가 제일 고리타분하다는 것
> 을 느꼈다
>
> 속력은 터벅한 표정으로 아이와 엄마를 쳐다보았다
>
> — 「전철이 잠깐 흔들렸는데」 전문

시인은 어느 날 전철 안에서 작은 사건을 경험한다. 전철이
흔들리고 젖병이 구르고 누군가 그것을 건져 든 것이다. 전철
의 속도가 만든 아주 우연한 일일 뿐이다. 그런데 우리는 이런
순간의 일을 가지고 서사를 만들고 미담을 구성하고 신화를 창
조해 낸다. 하지만 생각해보면 그것은 "제일 고리타분"한 일이

다. 그것은 세상의 동일성을 확인하는 일이고 나와 우주나 세상이 연결되었다는 과거 공동체 사회의 환상일 뿐이다. 세상은 그저 잠깐 흔들리는 것이 만들어 낸 우연의 연속이고 그 사이에 놓여있는 삶의 세부들의 집적일 뿐이다.

> 분명한 것은 눈 감지 않는 얼굴 남자인지 여자인지 아이인지 분명한 것은 빨간 쟁반 위, 껍질째 곱게 썬 사과처럼 올려진 얼굴 분명한 것은 찬장 안, 겁에 질린 얼굴 문을 닫는다 놀라지는 않았지만 다시 문을 연다 그림자 무거운 컵 뜨거운 커피는 발 끝에 모이는데 자꾸 갈증이 나는 페치카 목소리를 잃어버렸다 주인 없는 입술이 할 수 있는 것은 날선 수첩에 목소리를 적는 일 목소리는 뜨거워졌다 길건너 N모텔 하얀 네온이 곁을 지키는 공장 바닥의 왼쪽 끝에서 오른쪽 끝으로 오갈 때 손등과 손바닥이 반씩 공존하는 영역에서 끈끈한 뭔가 흘렀고 사각 사각 서걱 서걱 벤치 위 롱패딩 둘 지하철 플랫폼 바닥에 떨어진 물음표 발이 없는 스타킹, 발목 없는 양말 사이 무지개색 두루마리가 잽싸게 나왔다 …(중략)…신발코로 판 돌 무더기 속 웃고 있는 나의 유채꽃 걸어도 걸어도 노랬다 "엄마 이것 좀 봐." 유채꽃이다. 제일 가까이서 보게 되는 꽃
>
> ― 「바질토마토」 부분

참으로 읽기 힘든 시다. 시를 이루는 단어와 그 단어가 지칭하는 사물들이 어떤 질서도 형성하지 않고 수미일관한 의미도 만들지 못하여 우리의 이해와 수용을 방해한다. 시인은 바로 그것을 노렸다고 할 수 있다. 아니 노렸다기보다는 시인의 눈에는 사물들이 그렇게 보이는 것이다. 시인이 일상에서 마주친 사람들이나 "빨간 쟁반". 그 위의 "곱게 썬 사과" "뜨거운 커

피", "롱패딩"을 입은 "벤치 위"의 사람들이 분명한 모습으로 시인의 눈에 띄지만 그것들이 어떤 서사도 만들지 못하고 유의미한 생각으로도 통합되지 않는다. 파편화된 존재로 그저 시인의 눈앞에 존재할 뿐이다. 이런 파편화된 존재들 속에서 딱 하나의 존재 엄마를 부르는 노란색 옷을 입은 자신의 자식만이 "유채꽃"처럼 환한 존재로 시인에게 다가온다. 시인이 이 시에서 말하고자 하는 것은 그 소중한 자신의 자식에 대해 강조하는 것이 아니라 그 존재마저 수많은 의미 없는 존재들 사이에 놓여 있는 것이고 그 소중한 것이 자신의 눈에 들어오기까지 자잘한 삶의 디테일들의 숲을 건너야 한다는 것이다.

　다음 시는 그것을 좀 더 비유적으로 표현하고 있다.

　　아래에 있는 것들은
　　모조리 훔쳐야 한다

　　숲이 있어야 제구실을 하지

　　오늘의 할 일을 끝내고

　　바닥에 몇 번이나 머리를 박고

　　그제서야 떠오르는
　　수챗구멍 회색 추억

　　담장에 기대 머리카락을 펼치자

　　파도가 밀려오며 느린 목소리로 괜-찮-아-요

말이 끝나기도 전에
가버리고는

다시
물음표가 없는 물음표를 반복한다

—「숲」 전문

　이 시 제목 숲은 삶의 자잘한 세부들로 가득 찬 일상에 대한
비유이기도 하지만 그것들이 희미해져가는 것을 비유하는 머리
칼을 의미하기도 한다. 수챗구멍에서 빠진 머리카락을 확인하
듯이 우리는 일상의 자잘한 세목들을 지우면서 하루를 보내고
"괜-찮-아-요"라고 스스로 위안하면서 "물음표가 없는" 그래
서 진정성을 상실한 "물음표를 반복"하면서 살아간다. 그리고
어쩌면 소중했을 작은 것들을 잃거나 버리고 살아간다. 머리카
락이 없어진 것을 어느 날 수챗구멍에서 확인하듯이 이런 일상
의 "숲"을 잃어가는 것이다. 복잡성의 시대를 살면서도 단순한
일상을 반복하는 것은 바로 이 때문이다. 하지만 그 일상에서
탈출하기는 쉽지 않은 일이다. 다음 시가 이를 잘 보여준다.

　아침부터 불안한 사람이 있다. 한쪽 손으로 봉을 쓰다듬고
다리는 웨이브를 치고 있다. 다른 한손에 쥐고 있던 커피를
몇 번이나 떨어뜨리고 손잡이를 잡으려고 허공에 손짓을
하고 심지어 내리려 서 있는 사람 머리를 만지기도 한다 (요
즘은 세상이 뒤숭숭해서 그런지 약을 했나 하고 의심하지
않을 수 없다) 백팩을 고쳐 메고 대학이 있는 곳에서 내리
는 걸 보니 멈추지 않고 아침까지 마신 대학생인 모양이다
취하라, 다시 취하고 싶지 않을 정도로. (나도 한 번쯤은 웨

이브를 추고 싶다) 지하철 앞줄에 앉아 있는 여섯 사람이 모
두 운동화를 신었고 운동화색이 여섯 중 다섯이 흰색이다
이제 슬슬 여름을 준비해야 하는가보다

– 「나도 한 번쯤은 웨이브를 추고 싶다」 전문

　전철 안에서 아침부터 술에 취해 있는 젊은 대학생을 보고 쓴
작품이다. 이 시에서 (　)속에 든 부분은 시인의 내면을 표현하
고 있다. 사람을 보고 약을 했다고 의심하고 스스로 많은 사람
들 앞에서 "웨이브를 추고 싶다"고 생각하는 것은 일상의 단순
한 반복에서 벗어나고 싶은 욕망의 표현이다. 우리는 수많은
이상한 사람들 수많은 다양한 사물들 그리고 그것들이 만들어
놓은 수 천 수 만 가지의 사건과 일들이 있는 세상 속에서 살고
있지만 내가 하는 일은 단순한 일상의 반복일 뿐이다. 거기서
벗어나는 일은 결코 쉽지 않다. 지하철에서 취해 맨 정신으로
할 수 없는 일들을 하는 한 젊은이를 보고 약을 했다고 생각하
는 것은 바로 이 때문이다. 그리고 보통의 사람들의 행위에서
부터 크게 일탈하고 있다고 보이는 그의 행동마저도 사실은 소
심하기 그지없는 작은 몸짓에 불과하다. 우리는 이렇게 복잡성
의 시대에 단순한 생활인으로 적응하면서 살고 있는 것이다.

3. 삶의 아이러니와 서정의 깊이

　복잡성의 시대에 가장 잘 어울리는 것은 아이러니다. 아이러
니는 서로 반대되는 것들을 동시에 생각하고 상반된 가치를 함

게 받아들이는 삶의 태도나 생각의 방식을 말한다. 하나의 가치, 유일한 진리가 세상을 지배하지 못하는 시대에 살고 있는 우리는 매일 아이러니를 경험하고 상반된 진실 앞에서 곤혹스러움을 견뎌야 한다. 현대인들이 느끼는 가장 특징적인 정서가 바로 이 아이러니함 속에서 느끼는 곤혹감 아닐까 한다.

다음 시에서 이 아이러니의 한 모습을 본다.

쏴 아
빗소리 들리지 않는 비 꿰매러 나서는 중이야

엄나무 바닥을 더듬는 손바닥으로
흑단을 헤집는 구부정한 손톱 끝으로
비집고 들어오는 소리가 보여

봐— — 하 아 — 늘

앞에 놓인 커피가 입 꿰매고 있어

뙤약볕 새까만 손
방 울 방 울
일 달러의 맛을 모르는 혀

바들바들 떠는 땀구멍 꿰매 만든
빨간 비늘과 단단해진 검은 마디

가장 안전한 곳으로부터 흩어져야하는 타란튤라
살아남은 삼천 분의 이

발에 백만 구천구백 톤의 무게를 얹고

꿰맨다면서

자꾸만 후비는

춘분의, 발톱의, 거미의 달리기가 시작되었다

– 「고용허가서」 전문

그물 집을 만들고 있는 거미의 일을 보고 "고용허가서"를 떠올리는 것 자체가 아이러니이다. 일을 하고 일용할 양식을 구하는 것은 거미이거나 사람이거나 생명 있는 존재가 해야 할 자연스러운 행동이다. 누군가 허가해 줘야 하는 것은 아니다. 하지만 현대를 살아가는 우리에게 일은 자연스러운 것이 아니다. 일을 위해 수많은 조직과 단체와 기관들을 거쳐야 한다. 일을 하더라도 그것들의 도움이나 감시 없이는 불가능하다. 거미의 행위를 보면서 고용허가서를 떠올리는 것은 이렇듯 아이러니한 상황 속에 놓인 현대인들의 정서가 투사되었기 때문이다.

그것을 모를 때가 있었다
대부분 모르고 지냈으나

꼰 다리는 얘기하는 중간 중간에 하품을 해댔다
하품 하는 중간 중간에 말을 해댔다

'깜짝 놀랐어' 라고 말하는 눈이 동그래졌다

끊임없이 올라오는 맥주 탄산은
졸음으로 뭉게뭉게 피어났다

겉이 바싹해진 담배를 한 입 깨물었다

칼을 손에서 떨어뜨린 순간 필름이 펼쳐졌고
빠르게 지나갔지만 보았다

바닥이 없어지면서
들어갈 안이 없어졌다

- 「잠시 밖에서」 전문

밖에 있다는 것은 안을 생각한다는 것이다. 그런데 우리는 "그것을 모를 때가 있"고 "대부분 모르고 지"낸다. 왜냐하면 우리는 우리가 다 어딘가의 안에 있다고 생각하기 때문이다. 그런데 시인은 그 안이 사라진 순간을 생각한다. 세상이 단순한 눈으로 수미일관 설명되지 않는다는 것을 알기 때문이다. "하품"과 "말"이 함께 공존하고 활기찬 술집 분위기를 나타내는 "맥주 탄산"이 만든 거품은 "졸음"으로 피어오른다. 우리가 술집 안에 있지만 취해 바닥이 보이지 않을 때 우리는 밖에 있는 존재가 된다. 그런데 이 모든 것을 모른다고 생각할 때 비로소 어떤 진실에 다가서게 된다. 시인은 술집 풍경의 순간적인 이미지를 통해 이 아이러니한 깨달음의 시간을 보여주고자 한다.

다음 시는 시의 형태 자체가 아이러니이다.

벌써 여름, 덥다는 말이 자연스레 나온다 화장실 가는 길 바깥을 보는 창이 있는 중간 계단 운이 좋으면 노을을 볼 수 있는 창을 지나다가 문득 밖을 보는데 6차선 도로에 먼나무 그림자가 도로를 차지하고 있다 차들이 지나가며 그림자를 밟았다 그림자는 차를 감쌌고 편견 없이 모든 지나는 차들

을 모두 축복해 준다 문의와 항의는 좀처럼 줄어들 기세도
없이 시간이 지날수록 거세진다 술 냄새를 방패 삼아 욕설
을 퍼붓는다 동료들끼리도 언성이 높아진다

- 「재난긴급생활지원금」 전문

시인은 왜 이 시의 제목을 "재난긴급생활지원금"으로 붙였는
지 언뜻 이해가 가지 않는다. 그런데 일부러 만들어 놓은 장방
형의 시의 형태를 통해 유추해볼 수 있다. 그것은 좁은 사각의
틀이고 그것은 바로 스마트폰의 모습이기도 하다. 우리는 사실
이 좁은 사각 속에 갇혀 살고 있는지도 모른다. 그 속에서 밖을
보고 나무를 보고 세상을 경험하고 "문의하고 항의"한다. 재난
도 이 좁은 사각 안에서 경험하고 그것을 극복하게 해준 긴급
생활지원금도 이 사각의 틀 안에서 해결한다. 어쩌면 이 사각
의 틀이 재난인 시대에 살고 있다. 하지만 그것의 해결마저 이
사각의 틀에 의지해야 한다. 정말 아이러니한 상황이 아닐 수
없다.

이러한 아이러니를 인식할 때 서정은 과거의 낡은 서정을 넘
어 좀 더 복잡한 깊이 있는 서정을 보여주며 현대를 사는 우리
의 정서에 다가가게 된다.

이 계절 도로를 달려온 투명제비는
굿모닝도 없이

바지랑대에 걸린 가늘어진 빨랫줄에 앉는다

...(중략)...

〉

요즘도 물을 많이 마시니

시멘트 마당을 얼굴보다 더 씻어대도
뻘건 땟국물이 고인 웅덩이에 꼬리를 내린다

눈은 덜 아픈거니

소금맛 나는 바람이라면 꼭 찾는
신양리 슬레이트 지붕아래 아름다운 그 마당

– 「대화하는 빈집」 전문

시골의 빈집을 보고 쓴 작품이다. 그런데 이 시골 풍경은 과거의 서정시에 등장하는 목가적이고 안온한 고향의 모습이 아니다. 시인은 마지막 행에 "아름다운 그 마당"이라고 회상하고 있지만 그 풍경이 아름답게 그려지지는 않는다. "투명제비"라는 표현을 통해 제비마저 보이지 않고 아무도 살고 있는 것 같지 않은 빈집을 떠올리게 된다. "뻘건 땟국물"로 얼룩진 폐허와 쇄락의 흔적만 남아있다. 그런데 어쩌면 이 파괴된 자연 속에서 우리는 아이러니하게도 아름다움을 상상해 내고 있는 것인지도 모른다. 이 파편화되고 착종된 정서가 지금 우리의 마음을 물들이고 있는 진실임을 시인은 보여주고 있다. 정가을 시인의 시들에 "서정의 깊이"라는 의미를 부여하는 것은 바로 이 때문이다.

4. 맺으며

김소월의 산유화에서부터 자연은 우리의 삶에서 멀어져 갔다. 자연이 우리 정서의 원천이 된 것은 아주 오랜 옛날의 일이 된 것이다. 그럼에도 아직 자연의 표상으로 인간의 정서를 노래하곤 하여 낡은 서정시라는 비판을 받아오기도 했다. 정가을 시인의 시들은 이런 낡은 서정에 과감하게 이별을 고한다. 대신 그는 우리가 눈길을 주지 못하는 일상의 자잘하고 하찮은 것들을 세밀하게 관찰하여 그것들이 불러일으키는 특별한 정서를 포착해내고 있다. 때로 그것들은 우리 삶의 허망함을, 우리의 사회에 깃들은 모순을, 우리 마음속에 남아있는 욕망의 흔적들을 드러낸다. 다시 말하면 정가을 시인의 시들은 파쇄된 삶의 세부가 만들어 낸 조각들을 이어붙이고 아이러니한 감정의 무늬들을 아로새긴 서정의 모자이크라 할 수 있다. 그것은 파편화되고 서로 착종되어 수미일관한 의미망의 형성을 거부하면서 복잡다단하고 단순하게 규정되지 않은 현대적 정서의 깊이를 만들어 내고 있다.